# El chiquero

### por MARK T

## SCHOLASTIC INC.

New York   Toronto   London   Auckland   Sydney
Mexico City   New Delhi   Hong Kong   Buenos Aires

El lunes por la tarde, la mamá de
Wendell Fultz le pidió que subiera a
limpiar su cuarto y le dijo:
—Se está convirtiendo en un chiquero.

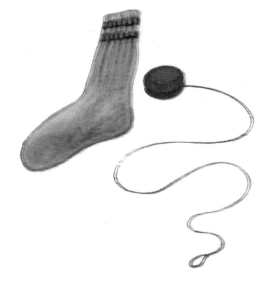

Wendell subió a su cuarto y al entrar se llevó una gran sorpresa: un cerdo enorme se había tumbado en su cama.

—Con permiso —dijo Wendell, y entró en su habitación. Agarró algunos juguetes y los tiró en el armario. Pero parecía que al cerdo no le molestaba el desorden, y a Wendell tampoco le importaba que el cerdo estuviera ahí.

Así que decidió dejar de ordenar.

Cuando la mamá de Wendell fue a ver si ya estaba todo recogido, el cerdo se escondió y la habitación seguía hecha un desastre. Su mamá se encogió de hombros.

—Pues muy bien, Wendell. Si quieres vivir en un chiquero, allá tú.

Wendell no se podía creer la suerte que tenía.

—Ahora viviré como a mí me gusta.

El martes se encontró a otro cerdo en su habitación. No le importó nada. El desorden empeoraba, pero lo solucionó metiendo la mayoría de las cosas debajo de la cama.

—No está mal eso de vivir con cerdos, mientras sólo sean uno o dos.

De hecho, pasaban momentos muy divertidos.
Casi todas las noches se quedaban hasta muy tarde
jugando al Monopolio...

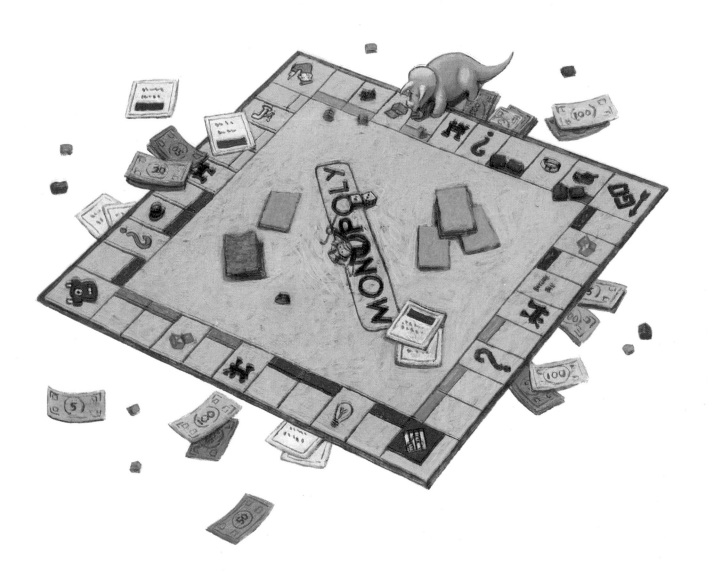

...y dejaban todas las piezas por el suelo.

Hacían aviones de papel y se peleaban con las almohadas.

**La cama se convirtió en un trampolín.**

Después llegaron otros dos cerdos
y el desorden era cada vez más grande.

Aquella noche, cuando Wendell se fue a la cama, había cerdos por todas partes. Se taparon con sus cobijas y le quitaron sus almohadas.

Wendell pensaba que no le importaba,
hasta que se encontró huellas de pezuñas
en sus cuentos de tiras cómicas.

Y el viernes, al volver de la escuela, descubrió que alguien
se había sentado encima de su pelota de baloncesto.

Y hasta habían mordisqueado sus tarjetas de béisbol.

—¡Basta ya! ¡No lo aguanto más! —gritó Wendell.
Bajó corriendo a contárselo a su mamá.

—Lo siento mucho, pero lo que pase en tu cuarto es cosa tuya —le recordó su mamá y le dio la escoba.

Wendell empezó a protestar. El desorden era gigantesco.
De pronto, recordó un dicho que había oído:
"La unión hace la fuerza".

Subió a su cuarto y organizó un equipo de limpieza.

Barrieron, limpiaron, recogieron y le sacaron brillo a todo.

Después de pasar toda la tarde limpiando, Wendell observó el cuarto y dio el visto bueno:

—Está limpio.

Pero, en realidad, para el gusto de los cerdos
todo estaba demasiado limpio. Así que mientras
Wendell pasaba revista, los cerdos comenzaron
a preparar su salida. Uno de ellos llamó por
teléfono, y el camión de la granja fue a recogerlos.
Se abrazaron, gruñeron y se despidieron con unos
cuantos "oinc-oinc".

A partir de aquel día, Wendell tuvo su cuarto limpio...

...excepto algunas noches en
que sus amigos volvían para jugar
una partidita de Monopolio.